300, rue Léon-Joulin, 31101 Toulouse Cedex 9 France

Loi 49.956 du 16.07.1949
Dépôt légal : septembre 2005
ISBN : 2-7459-0713-1
Imprimé en France par Pollina, 85400 Luçon - n° L97518A

LES G

BRIGITTE L

LE RESPECT ET LE MÉPRIS

ILLUSTRATIONS DE JACQUES AZAM

MILAN
jeunesse

Au menu de ton Goûter Philo

Le caïd et le sage 7
Range ta chambre ! 8
Les pelouses, les baleines, la loi... 9
Respecter... le respect 11
Direct chez le directeur 11
Respecter... l'inconnu 13
Zut, voilà une femme enceinte ! 14
Numéro 52, c'est à vous ! 15
Le droit au respect 17
Cherchez l'intrus ! 18
Trop près 19
Trop loin 21
Attention 23
Bonne chance, Rosine... 23
Coucou ! Salut ! Bonjour ! 24
Chacun sa place 26
Quelle engueulade tu choisis ? 28
L'ascenseur est encore en panne 30
Enlève tes chaussures ! 32
Se respecter soi-même 34
Le lapin à la moutarde 35
Vous faites les fières ou quoi ? 37
Mépris contre mépris 39
Vivre ensemble 39
Hé ho ! Les adultes ! Où êtes-vous ? 40
Montrez-nous l'exemple ! 41
Se sentir capable 43
L'épidémie 45
Et pour finir (Mon cahier Goûter Philo) 47

Le caïd et le sage

Dans le quartier, tout le monde respecte Jimmy. Cela ne viendrait à l'idée de personne de contester un ordre de Jimmy, ou même de le discuter.

Jimmy est un trafiquant de drogue, un vrai caïd. Avec ses armes et sa bande, il se fait respecter par tout le monde.

Au village, tout le monde respecte le vieux Soleyman. Si quelqu'un a un problème ou si des gens se disputent, on va lui demander conseil. Il est là, tous les après-midi, assis à l'ombre du grand baobab.

Soleyman est un sage. Avec son expérience et sa sagesse, il conseille les gens du village, il est respecté dans toute la région.

Jimmy et Soleyman sont deux personnes que les gens respectent. Mais on n'a pas besoin d'explications pour comprendre qu'il y a une grosse différence entre les deux.

Range ta chambre !

« Range ta chambre !

– Je n'ai pas le temps, j'ai entraînement de foot dans 10 minutes.

– Range ta chambre immédiatement ou tu ne sortiras pas cet après-midi.

– Mais c'est ma chambre, ça gêne personne.

– Tu vas respecter ton père, oui ou non ? Si je te dis de ranger ta chambre, tu le fais. »

Le père se trompe de mot. Il dit : « *Tu vas respecter ton père.* » Mais il devrait dire : « *Tu vas obéir à ton père.* »

On dit aussi qu'il faut « respecter » le règlement de l'école, qu'il faut « respecter » la loi. Est-ce qu'on ne devrait pas plutôt dire « obéir » à la loi, « obéir » au règlement de l'école ?
L'obéissance, ce n'est pas la même chose que le respect. On le sait bien, on peut obéir à un professeur, à un policier, à un grand, à ses parents… sans les respecter.

Les pelouses, les baleines, la loi…

On se trompe de mot, mais finalement, on se comprend quand même. Alors pourquoi en faire toute une histoire ?

Parce que si on continue à utiliser le mot respect n'importe comment, on finira par ne plus savoir ce qu'il veut dire : si on dit à tout le monde : « *Oh, toi, je t'aime* », le mot aimer ne veut plus dire aimer. On finira même par ne plus savoir ce qu'est le vrai amour.
Si on entendait toute la journée : « *Sois généreux, dis bonjour aux commerçants en entrant*

dans les boutiques. Sois généreux, ne jette pas tes papiers par terre. Un peu de générosité, essaie de ne pas arriver en retard… », « être généreux » ne voudrait plus rien dire.

Il se passe exactement cela avec le respect. On l'entend tout le temps, partout, pour tout : « *Respecte les pelouses, les livres, les parents, les professeurs, le passage pour piétons, les morts, les baleines et les éléphants, les horaires et la sonnerie, la nourriture, le sommeil des parents, les vêtements, le hall de l'immeuble, la loi…* »

Respecter... le respect

Et on va s'imaginer qu'en disant merci au charcutier, bonjour au chauffeur de bus, qu'en couvrant soigneusement ses livres au début de l'année, qu'en manifestant pour les baleines et qu'en laissant les piétons traverser la rue, on baigne dans le respect.
On s'imagine qu'en se faisant obéir, on se fait respecter.
On s'imagine qu'en se faisant craindre, on se fait respecter.
Confondre le respect avec la politesse, le soin, l'obéissance, la peur ou d'autres choses, c'est embêtant : à force de ne pas respecter le mot respect, le respect, le vrai, on ne saura plus ce que c'est.

Direct chez le directeur

Jérôme, le surveillant de la cantine, n'a qu'une envie : donner une énorme paire de gifles à Richard et lui botter

les fesses. Richard a dépassé les limites, il a renversé sa purée de céleri par terre, et pas n'importe où : sur les chaussures de Jérôme. Évidemment, Richard dit qu'il n'a pas fait exprès, mais le surveillant n'en croit pas un mot, Richard provoque tout le monde, c'est bien connu. Et ça continue : Richard le regarde droit dans les yeux, un petit sourire narquois au coin des lèvres. Jérôme ne donne ni gifle, ni coup de pied dans les fesses de Richard. Il l'envoie directement chez le directeur.

Jérôme résiste à son envie de gifler Richard. Il a, en lui, quelque chose de plus fort que la colère, quelque chose de plus fort que l'agressivité : le respect. Jérôme continue de respecter Richard, il réussit à traiter avec respect un élève qui l'insulte, un élève qui essaie justement de lui faire perdre son respect.

Respecter… l'inconnu

Viviane monte dans le bus.
Ouf ! Pour une fois, il reste
une place assise.
« Pourvu qu'une personne âgée
ne monte pas au prochain arrêt »,
se dit Viviane en sortant de son sac
le magazine qu'elle a envie de lire
depuis ce matin.

Viviane sait, à l'avance, que si une personne âgée monte dans le bus, elle lui laissera sa place. Viviane n'a pas besoin de connaître celui qui prendra sa place, elle n'a pas besoin de l'aimer, ni d'en avoir peur, ni de le plaindre, ni de l'admirer… Non, rien de tout ça.

Lorsqu'on respecte quelqu'un, on n'a pas le cœur qui bat plus vite, on n'a pas la chair de poule ou les jambes toutes molles.
Le respect ne vient pas d'un sentiment, on ne le ressent pas tout à coup, comme on ressent la peur ou la joie. Le respect est déjà là, en soi. La preuve : on peut respecter un inconnu qui n'est pas encore monté dans le bus. Et on peut respecter, comme Jérôme, quelqu'un que l'on a envie de gifler.

Zut, voilà une femme enceinte !

Oh non, zut, une femme enceinte !
Elle a un ventre énorme, impossible
de faire semblant de ne pas le voir.
Dommage...

Viviane se lève. Pas par plaisir ! Pas par obligation, ni par obéissance. On peut obliger quelqu'un à être poli, à obéir, mais on ne peut pas obliger quelqu'un à avoir du respect.

Numéro 52, c'est à vous !

« Numéro 52, c'est à vous. »
Marine se lève et s'avance vers le guichet.
« Mais vous êtes le 53, j'ai appelé le 52. »
Marine retourne à sa place.
Elle s'est trompée.
Quand c'est finalement son tour, elle entre dans la salle. Le médecin est entouré d'infirmières et d'étudiants.
« 26 ans, sexe féminin, ménisque gauche », annonce un jeune homme en blouse blanche.
Une infirmière fait allonger Marine sur une table.
Le docteur demande

à voir les radios et les regarde attentivement. Puis il s'approche de Marine, palpe son genou gauche, plie sa jambe, la soulève, et la repose. Il dicte un mot à sa secrétaire et sort boire un café avant d'examiner le 54.

Marine est d'abord un numéro. Puis un genou gauche. Ici, elle n'a pas de prénom, pas de nom, pas de personnalité, on lui a enlevé tout ce qui fait d'elle une personne humaine. Il est là, le mépris : ne pas reconnaître l'autre comme une personne humaine. Respecter les autres, c'est une manière de leur montrer qu'ils ont de l'importance, qu'ils ont une valeur. Pas une valeur qui vient de leur argent, de leur pouvoir, de leurs connaissances, de leur intelligence, de leur beauté, de leur force… Non. Une valeur qui vient simplement de l'humain, une valeur que tous les êtres humains ont, simplement parce qu'ils sont humains.

Le droit au respect

Le gardien de prison n'a qu'une envie : jeter la gamelle sur le sol pour que ce nouveau prisonnier mange par terre, comme un chien. Cet homme a commis des crimes épouvantables. Le gardien sent une haine terrible monter en lui. Il respire à fond et attend de retrouver son calme. Il sait qu'il doit se maîtriser et se retenir. Il fait passer le repas dans la cellule et continue sa tournée.

Le gardien de prison, comme les policiers, comme les juges, comme les avocats, continuent de respecter une chose qui reste à cet homme : il est une personne humaine.

Cherchez l'intrus !

Interrogation. Les élèves de la classe de CE1 doivent écrire, en face de chaque mot, à quoi sert ce que le mot désigne. Premier mot de la liste : sac. Luc s'applique et écrit : « à porter des choses ». Voiture : « à partir se promener ». Crayon : « à écrire ». Luc est content, il sait tout. Il lit vite la suite pour voir si c'est toujours aussi facile. Éponge, trop facile. Écharpe, couvercle, chaise, eau, être humain. Luc relit le dernier mot. Être humain ? Il ne sait pas. Il n'en a aucune idée. Luc regarde autour de lui. Même Nathalie, la meilleure de la classe, a l'air de ne pas savoir.

La différence avec les autres mots de la liste saute aux yeux : la voiture est un moyen de se déplacer, le sac est un moyen de porter des choses, le crayon un moyen d'écrire, un être humain, lui, n'est pas un moyen. On serait choqué que quelqu'un demande : « *Et toi, à quoi tu sers ?* »
Évidemment, un architecte sert à faire les plans d'une maison, un chauffeur de bus sert à nous conduire quelque part, un acteur sert à nous divertir. Mais une personne humaine ne peut pas être seulement un moyen, il y a quelque chose d'autre.

Trop près

Madame Rusif pose les courses sur la table de la cuisine et jette un coup d'œil au courrier. Une publicité pour un supermarché, des factures de téléphone et d'électricité, et une lettre pour sa fille Rosine. « Je ne connais pas cette écriture », se dit madame Rusif en regardant l'enveloppe de plus près. Elle met ses lunettes pour voir le tampon de la poste. La lettre vient de Bordeaux. Tiens, c'est bizarre, ils ne connaissent personne à Bordeaux.

En déposant la lettre sur le bureau dans la chambre de Rosine, madame Rusif se souvient subitement que Rosine est allée en colonie de vacances près de Bordeaux. Elle regarde l'écriture de plus près.

« Ce n'est pas une écriture de fille. »

Madame Rusif est surprise. Quand elle a lu le carnet intime de Rosine, dimanche dernier, pendant que Rosine était au cinéma, elle n'a rien trouvé sur un garçon de Bordeaux.

Elle regarde sa montre. 17 heures. Le jeudi, Rosine ne rentre pas avant 18 heures. Elle prend la lettre, repart dans la cuisine et sort son fer à repasser. Avec la vapeur du fer, l'enveloppe s'ouvrira sans problème. La dernière fois, ça a parfaitement marché. Et il suffit d'un peu de colle pour la refermer. Ni vu ni connu.

Rien qu'en lisant cette histoire, on étouffe, on est dégoûté par cette mère qui viole l'intimité de sa fille. Une mère qui s'infiltre partout et ne laisse aucun espace à sa fille. Un espace, une distance qui serait du respect. Une distance qui permettrait à chacun d'avoir sa place.
Le respect, c'est une histoire de bonne distance et de bonne place : ni trop près, ni trop loin, être à sa juste place.

Trop loin

« Non, non, tu ne me déranges pas, je suis à la caisse du supermarché, on peut se parler. » Romain coince son téléphone portable avec son épaule et commence à emballer ses courses. « Ce soir, oui pourquoi pas, on pourrait se retrouver devant le cinéma. » Comme Romain ne voit pas que la caissière

lui tend le ticket, elle
le pose sur la tablette,
devant sa caisse.
« Non, ce serait
mieux d'aller à la
séance de 22 heures,
ça nous laisse
le temps de dîner
avant. » Romain aperçoit
le ticket et tend un billet
de 20 euros en levant les yeux au ciel.
« Comment, ton régime ? Mais on peut
quand même dîner, non ? » Romain, énervé
par sa copine qui ne veut manger que
du fromage blanc le soir, ne s'aperçoit pas
que la caissière lui tend la monnaie.

Pour Romain, la caissière n'existe pas. Ni bonjour, ni regard, ni sourire, rien. Il est loin d'elle, terriblement loin. Il a mis une distance infinie entre lui et elle, il ne fait aucune place à la caissière. Et on comprend ce qu'elle ressent : elle se sent méprisée par ce client qui fait comme si elle était invisible.

Attention

Romain ne fait pas exprès, il a la tête ailleurs, il ne cherche pas du tout à faire du mal à la caissière. N'empêche : le mal est fait.
Le respect, c'est justement ne pas avoir la tête ailleurs. Être attentif, pour ne pas, sans s'en rendre compte, tomber dans le mépris.

Bonne chance, Rosine...

Imaginons que Rosine Rusif découvre que sa mère lit ses lettres et son journal intime, écoute ses conversations téléphoniques, fouille dans ses poches, a fait un double de la clé de sa chambre... Est-ce que Rosine pourra respecter sa mère ? Non. Parce que sa mère, elle, ne l'a pas respectée. Sa mère a accumulé trop de non-respect.
Rosine va devoir se battre pour que chacun soit à sa place et que le respect devienne possible.

Coucou ! Salut ! Bonjour !

Francine sonne à la porte de sa copine
Myriam, elles ont rendez-vous
pour faire leur exposé.
Le petit frère de Myriam, qui a 3 ans,
ouvre la porte.
« Coucou Benji, je viens voir Myriam.
– Non, pas là, pas là, Miam pas là.
– Benji, tu es un coquin, je sais
que Miam est là ! »
Francine pousse gentiment Benji
en lui donnant un bisou et elle monte
dans la chambre de Myriam.

Francine sonne à la porte de sa copine
Myriam, elles ont rendez-vous
pour faire leur exposé.
Le grand frère de Myriam ouvre
la porte.
« Salut, je viens voir Myriam.
– Salut, ça va ? Je ne sais pas
si Myriam est là.
– Si, je crois, on a rendez-vous. »

Le grand frère hurle : « Myriam ! Descends, c'est Francine. » Francine ferme la porte et attend sa copine en bas de l'escalier.

Francine sonne à la porte de sa copine Myriam, elles ont rendez-vous pour faire leur exposé.
La maman de Myriam ouvre la porte.
« Bonjour madame, excusez-moi de vous déranger, je viens travailler avec Myriam.
– Bonjour Francine, entre, tu veux quelque chose à boire ?
– Non merci, ça va.
– Bon, Myriam est dans sa chambre, tu peux monter. »
Francine suspend son manteau, demande jusqu'à quelle heure elle peut rester et rejoint Myriam dans sa chambre.

Ce n'est jamais la même personne qui ouvre la porte et, à chaque fois, Francine s'adapte. Elle ne dit pas coucou à la mère de Myriam, elle ne pousse pas le grand frère et ne lui fait pas de petit bisou… ! À chaque fois, Francine s'adapte, pour être à sa juste place.
Le respect, c'est compliqué. Il faut être attentif, les places changent tout le temps, toute la journée. On n'a pas la même place avec un enfant plus jeune que soi, avec ses copines, ses copains, son amoureux ou son amoureuse, son père, sa mère, son beau-père, sa belle-mère, un professeur, un surveillant, un voisin…

Chacun sa place

Aujourd'hui, le professeur propose à ses élèves de lui poser des questions sur le métier de professeur.
Dès le début de l'heure, les questions fusent de tous les côtés.
« Monsieur, quand avez-vous décidé de devenir professeur ? », « Est-ce

que vous aimez votre métier ? », « Vous préférez être professeur au lycée ou au collège ? », « À l'école, vous étiez toujours premier ? », « Est-ce qu'il y a des classes que vous détestez ? », « C'est dur, votre métier ? », « Vous l'avez rencontrée comment, votre femme ? »
Le professeur se retourne vers celui qui a posé cette question.
« Pierrick, cette question est hors sujet, je ne vais pas y répondre. »

Toute la classe a ri quand Pierrick a posé sa question. Un rire un peu gêné, parce qu'on sait bien que cette question n'a rien à faire là. La question de Pierrick n'a pas sa place parmi les questions posées au professeur. On dit que c'est une question déplacée. En refusant d'y répondre, le professeur dit à toute la classe : « *Je suis votre professeur, moi, je reste à ma place de professeur, et vous, vous devez rester à vos places d'élèves.* »

« *Et toi, Pierrick, tu as une petite amie ?* »
Si le professeur posait cette question à Pierrick, sa question à lui aussi serait déplacée. Il ne serait pas à sa place de professeur, et il ne respecterait pas la place d'élève de Pierrick.

« *Papa, comment as-tu rencontré maman ?* »
Quand Pierrick pose cette question à son père, il ne lui manque pas de respect. Il est à sa place de fils, la rencontre de ses parents fait partie de son histoire à lui aussi.

Quelle engueulade tu choisis ?

La maison est dans un état de saleté incroyable. Des bouteilles vides partout, des verres sales, des paquets de chips, des cartons de pizzas...

Parents n° 1 :
« Tu t'étais engagé à nettoyer, à ranger, et on rentre dans une porcherie. On revient dans 2 heures

et tout doit être impeccable. Et tu paieras le nettoyage du tapis avec ton argent de poche. Et bien sûr, c'est la dernière fois que tu organises une fête ici. Tu trouveras un autre endroit. »

Parents n° 2 :
« Mais quelle idée on a eue de te prêter la maison ! Je savais qu'on ne pouvait pas te faire confiance. On ne peut jamais compter sur toi, pour rien, tu entends, pour rien. Je me demande où j'avais la tête quand je t'ai autorisé à organiser une fête ici. Tu n'es qu'un petit profiteur qui se fiche de tout et de tout le monde. Ta mère et moi, on se demande ce que tu vas devenir. Allez, nettoie, et qu'on ne te revoie pas de la journée. »

Les parents sont furieux contre leur fils : ils lui ont prêté la maison, ils auraient dû la retrouver propre et rangée. Mais pas de doute, on préfère se faire gronder par les parents n° 1 ! Des parents en colère, qui disent ce qu'ils pensent et punissent leur fils, mais en continuant de le respecter. Les parents n° 2, eux, n'ont plus de respect pour leur fils, ils l'enfoncent, ils l'humilient.
Quand les parents respectent les enfants, quand les professeurs respectent les élèves, quand les juges respectent les accusés, quand les patrons respectent les employés, quand les grands respectent les petits, leur pouvoir ne se transforme pas en violence. Le pouvoir sans respect, c'est de la violence.

L'ascenseur est encore en panne

Sandra en a vraiment assez, elle va encore monter les 16 étages à pied, avec son sac d'école qui pèse une tonne. Trois semaines que l'ascenseur est en panne. Son père a

écrit, il téléphone tous les jours, il leur dit que sa femme est enceinte et qu'elle n'en peut plus, mais personne ne vient réparer. En ouvrant la porte qui mène aux escaliers, Sandra se bouche le nez. Elle se prépare à passer devant le local des poubelles. Les poubelles de l'immeuble sont cassées, tout se vide par terre, ça sent mauvais, mais la mairie n'envoie personne les changer. Essoufflée, Sandra pousse enfin la porte de chez elle. Oh non, pitié ! Ses frères et sœurs sont déjà là, elle ne va pas pouvoir trouver un coin tranquille pour travailler, il va falloir qu'elle redescende et parte à la médiathèque. Mais pourquoi personne ne répond à la demande de logement que son père a faite, il y a trois ans ?

Quand on parle de respect à Sandra, elle s'énerve.

« Et moi, qui me respecte ? On se fiche que ma mère monte 16 étages, que mon immeuble pue, qu'on vive les uns sur les autres… »
Quand on est ignoré, maltraité, méprisé, on a beaucoup de mal à respecter les autres. Ceux qui se sentent respectés vont rarement casser les vitrines et brûler des voitures. Pour exister, le respect a besoin de respect.

Enlève tes chaussures !

Anouk et Jennifer sont venues en Turquie pour quelques jours. Ce matin, au programme, visite de la Mosquée bleue d'Istanbul, et après, juste à côté, de l'église Sainte-Sophie. Malgré la chaleur, elles n'ont pas mis leur short et leur débardeur, on leur a dit que pour visiter une mosquée et une église, il fallait se couvrir les jambes et les épaules. Jennifer a râlé, il fait chaud, mais elle n'a pas envie de rater ces visites, il paraît que c'est magnifique.

À l'entrée de la grande salle de prière, Anouk retient Jennifer par le bras.
« Attends, il faut d'abord enlever tes chaussures.
– Ah bon ? Mais ce sont les musulmans qui enlèvent leurs chaussures, non ? On vient visiter, pas prier.
– Non, tout le monde doit les enlever, et tu verras, chez les catholiques, c'est le contraire, on ne pourra pas visiter l'église pieds nus, il faudra les remettre. »

Jennifer et Anouk veulent seulement admirer la lumière qui baigne la grande salle de prière, lever les yeux au ciel et s'émerveiller sous la grande coupole… Elles ne croient ni en Allah, ni au Dieu des chrétiens, elles visitent la mosquée et l'église comme on visite un musée ou un château.
Mais elles vont quand même enlever leurs chaussures dans la mosquée, et les remettre

dans l'église. Elles ne vont pas emporter leur coca, ni parler trop fort. Parce qu'elles respectent ceux qui respectent la mosquée et l'église. Elles respectent les endroits que les musulmans et les chrétiens respectent. Cela s'appelle la tolérance : respecter ce que les autres respectent.

Se respecter soi-même

« Allez, raconte ! Je te promets, je ne lui dirai pas que tu me l'as dit. »

Lily hésite. Elle brûle d'envie de raconter le secret que Juliette lui a confié.

« Mais j'ai donné ma parole à Juliette, je lui ai juré de ne rien dire, à personne.

– Elle ne saura jamais que tu me l'as dit, qu'est-ce que ça peut faire ? Allez, dis-moi !

– Non, franchement non. Je ne peux pas, je veux tenir ma parole », décide Lily.

Lily veut respecter la promesse qu'elle a faite à Juliette. En lui confiant un grand secret, Juliette lui a fait confiance, et Lily veut être digne de cette confiance. Elle refuse d'être une commère qui dit tout, qui se vante de tout savoir et parle dans le dos des autres : cette personne-là, elle ne la respecterait pas. En tenant sa promesse, elle se respecte elle-même : elle est une amie sur qui on peut compter. Quand on se respecte soi-même, on peut respecter les autres.

Le lapin à la moutarde

« Lapin à la moutarde ! » annonce tante Henriette en posant le plat au milieu de la table.
Quand tante Henriette demande à Léon de lui tendre son assiette, Léon refuse poliment. Sa mère lui chuchote :

« Léon, on se réunit une fois par an, tante Henriette a cuisiné toute la journée, fais-lui plaisir, goûte.
– Je ne peux pas manger de lapin, répond Léon.
– Tu pourrais avoir un peu de respect pour tante Henriette, elle s'est donné du mal. Force-toi ! »
Léon regarde les cuisses de lapin et devient verdâtre. Il pense au lapin d'Antonin, son meilleur ami. Antonin et lui passent des heures à jouer avec Carotte, c'est le nom qu'ils lui ont choisi ensemble, il y a trois ans.
Léon sait qu'il ne doit pas quitter la table, mais tant pis, il se lève. C'est comme si on mangeait son ami.
Il entend son père crier : « Léon, reviens immédiatement à table » et tante Henriette grincer entre ses dents : « Quel insolent ! »

Léon ne cherche pas du tout à être insolent. Ce n'est pas son but. S'il quittait la table pour aller regarder la télévision parce que les conversations l'ennuient, là, oui, on pourrait dire qu'il veut choquer les autres, qu'il est insolent. Là, il quitte la table pour rester fidèle à lui-même. Parfois, pour se respecter soi-même, pour respecter ses idées, on prend le risque de passer pour un insolent. Mais ce n'est pas du mépris.

Vous faites les fières ou quoi ?

« Waouh, t'as vu les filles ? Pas mal ! Mate un peu ça ! s'exclame Bruno.

– Moi, franchement, je préfère la blonde, elle est super bien fichue, déclare Kévin en ne quittant pas les filles des yeux.

– D'accord, je te la laisse, je prends la brune, je vais quand même pas reculer parce qu'elle a un appareil dentaire et trois boutons sur le nez, faut pas faire le difficile ici. »

Les deux garçons éclatent de rire et parlent plus fort pour être sûrs que Suzie et Ségolène les entendent. Ils continuent à parler d'elles, de leurs fesses, de leurs jambes, ils leur demandent si elles ont déjà embrassé des garçons, ils les traitent de ringardes et d'arriérées si c'est non.
« Hé, les filles, pourquoi vous partez, vous faites les fières ou quoi ?
— Ouais, t'as vu ça ! Mais elles se prennent pour qui, ces deux-là ? »

Suzie et Ségolène se prennent pour deux êtres humains, tout simplement ! Les garçons, eux, les prennent pour des choses. Leurs mots sont méprisants, des mots qui partent comme des gifles et font mal. Le mépris n'est pas un petit jeu, sans conséquence, pour rire, comme ça. Le mépris est une grande violence, le mépris peut casser l'autre, en lui faisant croire qu'il n'est rien, rien du tout.

Mépris contre mépris

Suzie parle tout bas à Ségolène :
« Surtout ne les regarde pas,
ne te retourne pas, on fait comme
si on n'avait rien entendu. »

Face à cette violence, Suzie et Ségolène répondent par… le mépris, elles font comme si les garçons n'existaient pas. Le mépris est souvent la seule réaction possible face au mépris.

Vivre ensemble

Les filles ne peuvent pas aller vers les garçons, parler, faire connaissance. Le chemin est barré, le mépris a dressé un mur entre eux. Résultat : chacun reste dans son monde, à l'écart.
Le respect, lui, ouvre des chemins. Le respect relie les hommes entre eux, les filles et les

garçons, les hommes et les femmes, les vieux et les jeunes, les petits et les grands, les enfants et les parents, les professeurs et les élèves, les patrons et les employés, les riches, les pauvres, les juifs, les chrétiens, les musulmans, les bouddhistes…

Hé ho ! Les adultes ! Où êtes-vous ?

Dans la cour, les adultes ont entendu Kévin et Bruno parler aux filles.
« Dis donc, ces deux-là, ils n'ont pas leur langue dans leur poche.
– Oui, on les connaît, ils sont toujours comme ça avec les filles.
Heureusement, ça sonne, les cours reprennent, ils vont se calmer. »

S'il y avait eu une bagarre, si les garçons s'étaient jetés sur les filles pour les tabasser, les adultes auraient bougé. Parce que se bagarrer, c'est grave, et interdit par le règlement. Mais alors, pourquoi personne ne remet les garçons à leur place quand ils parlent avec mépris aux filles ?

Montrez-nous l'exemple !

Finalement, Suzie, Ségolène et d'autres filles ont décidé d'aller se plaindre au directeur, elles n'en peuvent plus. Elles n'osent plus traverser la cour, elles n'osent plus s'habiller en robe ou en jupe, et encore moins se maquiller. Kévin et Bruno se demandent ce qui se passe : « Mais quoi, qu'est-ce qu'on a fait de mal ? Personne n'a rien dit jusque-là. On les trouve mignonnes, c'est tout, c'est quoi cette embrouille ? » Les garçons ne comprennent pas ce qu'on leur reproche.

Le respect, on ne l'a pas en soi, à la naissance, une fois pour toutes. On a tous besoin de l'apprendre, encore et encore, petit à petit, depuis tout petit.
Si Kévin ou Bruno voient leur grand frère insulter les filles, si leur père parle mal à leur mère, si leur mère les traite de tout, si à l'école, on les laisse mal parler, si dans la rue, ils voient des publicités avec des femmes à moitié nues, pour vendre n'importe quoi, si à la télévision, ça continue, si sur les terrains de football, ils voient leurs idoles donner des coups de crampons et des coups de tête aux adversaires et cracher sur l'arbitre, comment peuvent-ils connaître le respect ? Comment vont-ils réussir à trouver leur juste place, si personne ne les aide à la trouver ?

Pour apprendre le respect, Kévin, Bruno et tous les autres ont besoin d'être entourés par

des adultes qui prennent leur rôle au sérieux : des adultes qui savent avoir les justes mots, les justes gestes, les justes comportements, pour montrer comment on trouve, à chaque instant, sa juste place. Des adultes ni trop près, ni trop loin, des adultes à leur place.

Se sentir capable

Mademoiselle Clémentine a changé, c'est incroyable ! Elle dit bonjour quand on la croise, elle a même proposé à la vieille dame de l'immeuble de lui monter ses courses.

Depuis qu'elle a trouvé du travail, mademoiselle Clémentine va beaucoup mieux, elle se sent capable de gagner sa vie, elle a de l'estime pour elle.

Tu as entendu comment Bruno et Kévin parlent avec les filles ? Ils ont complètement changé !

Bruno et Kévin font maintenant partie d'un groupe de travail pour améliorer la vie au collège. Ils sont fiers d'avoir été choisis par le directeur, ils apportent beaucoup d'idées. Ils ne pensaient pas qu'ils en étaient capables, ils s'estiment beaucoup plus qu'avant.

Quand les autres nous sentent capables, quand on se sent capable, on a de l'estime pour soi, on aime la personne que l'on est, on se respecte.

Et Richard ? Eh bien, on ne le reconnaît pas ! Jérôme se demande ce qui lui est arrivé, Richard ne provoque plus personne.

Certains disent qu'il a changé depuis que Sofia est amoureuse de lui, d'autres pensent que c'est depuis que son père l'a emmené en voyage.

L'épidémie

Il s'est passé autre chose : les amis de mademoiselle Clémentine, les copains de Bruno et Kévin, les copains de Richard ne sont plus pareils. Normal : le respect, c'est contagieux. Le vrai respect, il est forcément contagieux, on l'attrape à tous les coups.

Brigitte Labbé est écrivain et **Michel Puech** est maître de conférences en philosophie à la Sorbonne. Ils sont coauteurs de tous les ouvrages des collections « Les Goûters Philo » et « De vie en vie » parus aux Éditions Milan.
Jacques Azam, l'illustrateur, signe également des BD d'humour chez Milan.

DANS LA MÊME COLLECTION

1. La vie et la mort (CD)
2. La guerre et la paix (CD)
3. Les dieux et Dieu
4. Le travail et l'argent
5. Prendre son temps et perdre son temps (CD)
6. Pour de vrai et pour de faux
7. Les garçons et les filles
8. Le bien et le mal
9. La justice et l'injustice (CD)
10. Ce qu'on sait et ce qu'on ne sait pas
11. Les chefs et les autres
12. Les petits et les grands
13. Libre et pas libre
14. Le bonheur et le malheur
15. La nature et la pollution
16. La fierté et la honte
17. L'être et l'apparence
18. La violence et la non-violence
19. La beauté et la laideur
20. Le rire et les larmes
21. Le courage et la peur
22. Le succès et l'échec
23. L'amour et l'amitié
24. Le respect et le mépris
25. La parole et le silence

(CD) *Existe aussi en CD.*

Quelquefois, on se retrouve entre amis, à deux, à trois ou plus, pour regarder un film, faire un jeu, préparer un exposé ou simplement écouter de la musique. Ou on est là, ensemble, sans rien faire de spécial. Et il arrive que la conversation démarre, sur un sujet qui intéresse tout le monde.

MON CAHIER GOÛTER PHILO

Sans s'en rendre compte, on se lance dans de grandes discussions sur les parents, les professeurs, les amis, sur l'amour, la guerre, la honte, l'injustice… On refait le monde ! Et le soir, quand on se retrouve seul, on y repense.

C'était vraiment bien de pouvoir parler de tout ça, même si parfois, on est furieux parce qu'on n'est pas du tout d'accord avec ce que les autres disent, ou parce qu'il y en a qui veulent tout le temps parler et n'écoutent rien.

UN VRAI GOÛTER PHILO

Mais alors ! Si c'était bien, pourquoi ne pas organiser des débats, des discussions, sur un sujet qu'on choisirait ensemble ? À la maison, chez des amis ou, pourquoi pas, à l'école ?

Alors voici quelques trucs pour réussir un vrai « goûter philo » :

- Il vaut mieux ne pas être plus de 10 personnes.

- Évidemment, il faut un bon goûter, à boire et à manger !

- C'est bien d'être assis par terre… On peut s'installer comme on veut, on parle plus librement ! Et on peut mettre le goûter au milieu du cercle…

- Quelqu'un est chargé de proposer plusieurs sujets. Sauf si tout le monde s'est déjà mis d'accord pour parler de quelque chose de précis.

UN VRAI GOÛTER PHILO

Chacun réfléchit pour décider quel sujet il préfère, sans rien dire aux autres pour ne pas les influencer.

Quand tout le monde a choisi, on vote pour le sujet dont on a le plus envie de parler. Attention : un seul vote par personne.

Le sujet qui a le plus de voix gagne : c'est de cela qu'on va parler aujourd'hui.

Les autres trucs, pour réussir à s'écouter, pour ne pas s'agresser, pour accepter les idées différentes des siennes, pour laisser parler tout le monde, ces autres trucs, vous les trouverez vite vous-mêmes !

C'est parti ! Donnez-vous une heure. Mais après tout, vous pouvez aussi y passer la journée !

UN VRAI GOÛTER PHILO
SUR LE RESPECT ET LE MÉPRIS

Les jus de fruits et les gâteaux sont là, le sujet aussi : aujourd'hui, vous avez choisi « Le respect et le mépris ». Si la discussion a du mal à démarrer – cela arrive quelquefois, on se regarde tous et personne ne sait quoi dire ! –, voici quelques pistes pour lancer le débat :

- Nous est-il déjà arrivé d'être traités comme Marine, page 15, ou comme la caissière du supermarché, page 22 ?

- Que ferait-on à la place de Rosine pages 20 et 21 ?

- Est-ce qu'on trouve que le professeur des pages 26 et 27 a raison de répondre cela à Pierrick ?

- Et des garçons comme Bruno et Kévin, pages 37 et 38, en connaît-on ? Qu'est-ce qu'on en pense ?

UN VRAI GOÛTER PHILO
SUR LE RESPECT ET LE MÉPRIS

Pour s'aider, on peut naviguer comme cela dans le livre. Quelqu'un lit tout haut un passage, ou une des petites histoires. Cela fait penser à des histoires qui nous sont arrivées ou sont arrivées à d'autres, on les raconte et on essaie, ensemble, de comprendre ce qu'elles veulent dire.

On peut aussi se poser des questions, et en poser aux autres. Et chercher ensemble des réponses… ou bien se rendre compte que, quelquefois, on ne trouve pas de réponse : derrière une question, il s'en cache une autre, et encore une autre, et encore une autre…

En voici quelques-unes, en vrac… de quoi s'occuper des heures !

« Quelquefois, on dit : "Ce professeur, il ne sait pas se faire respecter." Qu'est-ce que cela veut dire ? » ; *« Que faut-il faire, comment faut-il être pour se faire respecter ? »* ; *« Est-ce qu'autour de nous, les adultes nous respectent ? »* ; *« Est-ce que tout le monde a le droit au respect ? »* ; *« Peut-on mépriser quelqu'un sans le faire exprès ? »* ; *« Le respect, est-ce que cela s'apprend ? »*

À vous de jouer ! À vous de goûter !
À vous de philosopher !

MES IDÉES...

... MES HISTOIRES